AF360430

SUCCESSION
De Monsieur PORLITZ

IMPORTANT MOBILIER

TABLEAUX

ANCIENS ET MODERNES

CÉRAMIQUES, ORFÈVRERIE, SCULPTURES

BRONZES

MEUBLES & SIÈGES

TAPIS D'ORIENT

EXEMPLAIRE DE H. ST[...]

CATALOGUE

D'UN

Important Mobilier

TABLEAUX ANCIENS & MODERNES

AQUARELLES, PASTELS, GRAVURES

Par

BAIL, T.-S. COOPER, DAUMIER, DE DREUX, VICTOR DUPRÉ, GOYA, GRIMOUX, RICHET,
RIGAUD, L.-M. VAN LOO, VEYRASSAT, ETC.

FAIENCES, PORCELAINES ET CÉRAMIQUES VARIÉES

OBJETS DIVERS

Fusil Hammerless calibre 12, Choke-Bored, de J. PURDEY & SONS

LIVRES, DENTELLES, SACS DE VOYAGE

ORFÈVRERIE, PLAQUÉ, BIJOUX

SOUPIÈRE EN ARGENT D'ÉPOQUE LOUIS XVI

Sculptures en Marbre & Terre cuite, Bois sculptés

BRONZES D'ART ET D'AMEUBLEMENT

Statuette équestre de Louis XIV du XVIIᵉ siècle. — Pendules et Vases
1ᵉʳ Empire. — Groupes et Statuettes. — Cartel de BEURDELEY, etc.

MEUBLES ET SIÈGES

Armoire d'époque Régence. — Écran en tapisserie d'Aubusson du XVIIIᵉ siècle.

Piano à queue de Steinway. — Orgue de Mustel

MEUBLES ET SIÈGES DE STYLE ANGLAIS

TAPIS D'ORIENT — TENTURES

Dépendant de la Succession de Monsieur PORLITZ

ET DONT LA VENTE AUX ENCHÈRES PUBLIQUES APRÈS DÉCÈS AURA LIEU

HOTEL DROUOT, SALLE N° 1

Les Jeudi 17, Vendredi 18 et Samedi 19 Novembre 1910

A deux heures

COMMISSAIRES-PRISEURS

Mᵉ H. VIVAREZ | Mᵉ F. LAIR-DUBREUIL
8, rue de la Victoire | 6, rue Favart

EXPERTS

Pour les Tableaux : | *Pour les Objets d'Art :*
M. JULES FÉRAL | MM. PAULME & B. LASQUIN Fils
7, rue Saint-Georges | 10, r. Chauchat | 11, r. Grange-Batelière

Pour les Livres :
M. JULES MEYNIAL, libraire, 30, boulevard Haussmann.

EXPOSITION PUBLIQUE

Le Mercredi 16 Novembre 1910, de 1 heure 1/2 à 6 heures

CONDITIONS DE LA VENTE

Elle sera faite au comptant.

Les adjudicataires paieront *dix pour cent* en sus des enchères.

L'exposition mettant le public à même de se rendre compte de l'état et de la nature des objets, aucune réclamation ne sera admise une fois l'adjudication prononcée.

Paris. — Imp. de l'Art, Ch. Berger, 41, rue de la Victoire.

ORDRE DES VACATIONS

Jeudi 17 Novembre 1910

Vendredi 18 Novembre 1910

Samedi 19 Novembre 1910

DÉSIGNATION

AQUARELLES, PASTELS

GRAVURES

DAUMIER (H.)

1 — *Le Wagon de troisième classe.*

Dessin à l'encre de Chine sur verre.

Haut., 74 cent.; larg., 1 mètre.

DOMINGO (F.)

2 — « *Tipos de Dom Ramon de la Cruz* ».

Pastel.

Signé à droite et daté : *1900.*

Haut., 53 cent.; larg., 62 cent.

DOMINGO (Roberto)

3 — *Manœuvre d'artillerie.*

Aquarelle gouachée.
Signée et datée : *1901.*

Haut,. 32 cent.; larg., 24 cent.

RUPPRECHT (Tini)

4 — *Tête de Jeune Femme.*

> Pastel.
> Signé à gauche.

>> Haut., 51 cent.; larg., 42 cent.

VESTORI

5 — *Une Italienne en buste.*

> Pastel.
> Signé à droite.

>> Haut., 46 cent.; larg., 31 cent.

VEYRASSAT (Jacques)

6 — *Le Passage du gué.*

> Pastel.

>> Haut., 30 cent.; larg., 34 cent.

ÉCOLE FRANÇAISE (xviiie siècle)

7 — *Un Port dans la Méditerranée.*

> Aquarelle gouachée.

>> Haut., 9 cent.; larg., 12 cent.

8 — *Une Eau-forte,* d'après REMBRANDT.

— *Une Gravure,* d'après REMBRANDT.

9-10 — Cinq gravures anglaises.
> Cadres en acajou.

TABLEAUX ANCIENS

ET MODERNES

BAIL (Joseph)

11 — *Étude d'une crosse en ivoire et d'une croix byzantine.*

Signé à droite.

Toile. Haut., 50 cent.; larg., 28 cent.

BAIL (Joseph)

12 — *La Moisson.*

Signé à droite.

Toile. Haut., 35 cent.; larg., 44 cent.

BOUCHER (Attribué à François)

13 — *Vénus au bord d'une source.*

Toile. Haut., 93 cent.; larg., 73 cent.

BRIL (Paul)

14 — *Paysage avec scène biblique.*

Cuivre. Haut., 10 cent.; larg., 12 cent.

COOPER (T. Sidney)

15 — *Vaches et moutons au pâturage.*

Signé à droite et daté : *1875.*

Toile. Haut., 76 cent.; larg., 1 m. 10 cent.

DE DREUX (Alfred)

16 — *Le Caïd.*

Signé à gauche.

Toile. Haut., 65 cent.; larg., 53 cent.
(*Ancienne Collection de Chamant.*)

DOMINGO (F.)

17 — *La Partie de cartes.*

Signé et daté : *1900.*

Bois. Haut., 15 cent.; larg., 12 cent.

DUPRÉ (Victor)

18 — *L'Abreuvoir.*

Trois vaches sont au bord d'une mare. Dans le fond,
des chaumières entourées d'arbres.

Signé à gauche et daté : *1875.*

Toile. Haut., 36 cent.; larg., 56 cent.

FABRON (L.)

19 — *Buste de Jeune garçon.*

Signé à droite.

Toile. Haut., 44 cent. ; larg., 34 cent.

25

FREDOU (Jean-Martial)

20 — *Portrait de Gentilhomme.*

En buste, habit vert galonné d'or.

Toile de forme ovale. Haut., 56 cent.; larg., 46 cent.

GALLAND (P.-V.)

21 à 24 — *Compositions allégoriques.*

Quatre esquisses pour panneaux décoratifs.

Toiles. Haut., 43 cent.; larg., 1 m. 16 cent. et 98 cent.

GOYA (Francisco)

**25 — *Apparition de saint Isidore, évêque de Sé-
ville, au roi saint Ferdinand.***

Esquisse.

Toile de forme contournée dans la partie supérieure.

Haut., 45 cent.; larg., 28 cent.

*(A figuré à l'Exposition des Œuvres de Goya, à Madrid,
en mai 1900.)*

*(Catalogue général des Œuvres de Goya, par le Comte de
Vinaza, nº 137, page 299.)*

GREUZE (D'après J.-B.)

26 — *Jeune Fille en prière.*

Toile. Haut., 39 cent.; larg., 32 cent.

GRIMOUX (Jean-Alexis)

27 — *Portrait de Jeune Femme en Pèlerine.*

Vue à mi-corps, le visage tourné de trois quarts vers le spectateur, la main droite appuyée sur un long bâton de pèlerin.

Toile. Haut., 1 mètre ; larg., 80 cent.

GUILLOUX (G.)

28 — *La Seine près de Notre-Dame.*

Signé à droite et daté : *1899.*

Toile. Haut., 42 cent.; larg., 53 cent.

GUILLOUX (G.)

29 — *La Seine au pont de l'Alma. Effet de soleil couchant.*

Signé et daté : *1898.*

Toile. Haut., 27 cent.; larg., 40 cent.

GUILLOUX (G.)

30 — *L'Ile de Chatou au crépuscule.*

Signé et daté : *1897.*

Peinture sur carton.

Haut., 34 cent.; larg., 25 cent.

LAMBRECHTS (T.)

31 — *Un Fumeur.*

Cuivre. Haut., 13 cent.; larg., 10 cent.

LEMAIRE (Mme MADELEINE)

32 — *Fruits sur une table de marbre.*

Signé à droite.

Toile. Haut., 1 m. 08 cent.; larg., 80 cent.

MATISSE (H.)

33 — *Vue de village.*

Signé à droite et daté : *1896.*

Toile. Haut., 58 cent.; larg., 72 cent.

MOMELLINI

34 — *La Lecture au jardin.*

Signé à gauche.

Toile. Haut , 47 cent.; larg., 46 cent.

PESNE (ANTOINE)

35 — *La Jeune Femme au miroir.*

Elle porte un manteau de satin bleu drapé sur le bras et autour de sa robe grise.

Fond de paysage.

Toile. Haut., 1 m. 04 cent.; larg., 80 cent.

PILLEMENT (JEAN)

36 — *Bergers et leurs troupeaux dans la montagne.*

Signé à gauche et daté : 1785.

Toile. Haut., 66 cent.; larg., 96 cent.

RICHET (Léon)

37 — *Les Deux Sultanes.*

Signé à droite et daté : *1881.*

Toile. Haut., 73 cent.; larg., 55 cent.

RICHET (Léon)

38 — *Lisière de forêt. Effet de soleil couchant.*

Signé à gauche.

Toile. Haut., 58 cent.; larg., 80 cent.

RICHET (Léon)

39 — *Une Mare en forêt.*

Signé à gauche.

Bois. Haut., 32 cent.; larg., 40 cent.

RICHET (Léon)

40 — *L'Étang. Effet de soleil couchant.*

Signé à gauche.

Toile. Haut., 65 cent.; larg., 92 cent.

RIGAUD (Hyacinthe)

41 — *Portrait d'un Maréchal.*

En armure, écharpe blanche nouée à la ceinture,
une longue perruque poudrée pendant autour du visage,
il est représenté à mi-corps tourné de trois quarts vers
la droite.

Un rideau rouge est drapé sur le fond.

Toile. Haut., 80 cent.; larg., 64 cent.

Cadre en bois sculpté.

41

1.000

RUBENS (Attribué à Pierre-Paul)

42 — *L'Enfant Jésus, saint Jean, deux anges et un agneau.*

A droite, au pied d'un arbre, l'Enfant Jésus assis sur une draperie rouge, le dos appuyé sur un coussin blanc, caresse la joue de saint Jean assis devant lui sur une fourrure. A terre, près de lui, des prunes, des coings, des abricots, un melon et une pomme. Un troisième enfant, au centre, offre au Sauveur une grappe de raisin.

A gauche, un ange ailé soulève un agneau. Sur le sol, une croix avec une banderole portant l'inscription : *Ecce Agnus Dei.*

Très belle peinture.

On remarque, dans la croix de saint Jean-Baptiste, une variante avec les compositions similaires.

Toile. Haut., 96 cent. ; larg., 1 m.20 cent.
Cadre en bois sculpté.

SEYSSAUD

43 — *Paysans au travail.*

Toile. Haut., 80 cent.; larg., 60 cent.

TILLIER (Paul)

44 — *La Baigneuse.*

Signé à droite.

Toile. Haut., 1 m. 10 cent.; larg., 1 m. 90 cent.

TROUILLEBERT (P.)

45 — *Vue de la vallée de la Seine.*

Signé à droite.

Toile. Haut., 30 cent.; larg., 44 cent.

TROUILLEBERT (P.)

46 — *La Barque.*

340

Signé à droite.

Toile. Haut., 32 cent.; larg., 45 cent.

VAN LOO (Louis-Michel)

47 — *Portrait de Jeune Femme.*

5,000

G. Bernheim

Les cheveux relevés bouclés et poudrés, une écharpe couleur gorge de pigeon drapée sur un corsage de satin blanc décolleté, elle est représentée en buste, vue presque de face.

Signé à droite et daté : 1768.

Toile de forme ovale. Haut., 63 cent.; larg., 52 cent.

Cadre en bois sculpté.

WATHERS (J.)

48 — *La Promenade en tilbury.*

55

Signé à droite et daté : 1867.

Bois. Haut., 32 cent.; larg., 44 cent.

WILDER

49 -- *Rochers au bord de la mer.*

45

Silande

Signé et daté : 1899.

Toile. Haut., 60 cent.; larg., 72 cent.

WITTE (Gaspard de)

50 — *La Route du Marché.*

950

Féral

Deux femmes sont arrêtées à droite devant une fontaine monumentale.

Sur le chemin sinueux qui gravit une éminence dominée par un palais, des troupeaux de moutons et de bœufs sont poussés par leurs bergers.

Toile. Haut., 2 m. 12 cent.; larg., 1 m. 82 cent.

47

WOUVERMAN (Attribué à PHILIPPE)

51 — *Combat de cavaliers*.

A droite, un château en ruines ; dans le fond, des montagnes s'élevant sous un ciel nuageux.
A gauche, le monogramme de l'artiste.

Toile. Haut., 68 cent.; larg., 98 cent.

ÉCOLE ANGLAISE

52 — *Vue de Venise*.

Toile. Haut., 60 cent.; larg., 80 cent.

ÉCOLE ANGLAISE

53 — *Entrée de forêt*.

Signé : *D. H.* et daté : *1842*.
Peinture sur carton.

Haut., 30 cent.; larg., 25 cent.

ÉCOLE ESPAGNOLE (XVIIᵉ siècle)

54 — *Jeune Femme coiffée d'un chapeau de feutre*.

Cadre en bois sculpté.

Toile. Haut., 46 cent.; larg , 37 cent.

ÉCOLE FLAMANDE (XVIIᵉ siècle)

(DEUX PENDANTS)

55-56 — *Paysages avec figures*.

Toiles de forme ronde. Diamètre, 30 cent.

2

ÉCOLE FLAMANDE (XVIIᵉ siècle)

57 — *Un Buveur*.

> Cuivre. Haut., 13 cent.; larg., 10 cent.

ÉCOLE FRANÇAISE
(Commencement du XIXᵉ siècle)

58 .— *Jeune Fille portant un sabre*.

> Une jeune fille, aux cheveux bouclés, vêtue d'une robe de mousseline blanche, décolletée, les bras nus, porte sur son épaule droite le sabre d'état-major du règlement de l'An XII.
>
> Charmant petit tableau.
>
> Toile. Haut., 40 cent.; larg., 32 cent.

59 — Deux tambours de basques, peints par Mesples et Carl. Cartier.

60 — Sous ce numéro, seront vendus des tableaux non catalogués.

58

3.750

FAIENCES, PORCELAINES

CÉRAMIQUES VARIÉES

61 — Trente-sept assiettes dont neuf creuses en porcelaine anglaise de **T.** Goode et C*ie*, le marli décoré sur fond rouge cerise d'une bordure dorée ornée de fleurettes en émaux de couleurs, en relief.

62 — Sous ce numéro, services de table en porcelaine de Limoges. *Maison Haviland.*

63 — Service à dessert en faïence de Mintons, comprenant douze assiettes et six compotiers à décor de joueurs de golf, avec bordure dorée et ajourée ; un service à poissons en faïence de Bonn et assiettes à huitres en faïence blanche.

64 — Partie de service à café en porcelaine de Limoges, *Maison Haviland*, décor brun rehaussé d'or.

65 — Service à thé incomplet, comprenant dix tasses et leurs soucoupes en porcelaine de Limoges, *Maison Haviland*, de même décor, mais de couleurs variées.

66 — Sous ce numéro, vases en céramiques variées.

67 — Tube-porte-parapluie en céramique décorée, montée en cuivre.

68 — Paire de grands flambeaux à colonnes en céramique émaillée. Disposés pour l'éclairage électrique.

69 — Plat rond creux de forme antique en céramique émaillée, orné au centre d'un buste en relief réservé en biscuit, et au pourtour de branches de laurier.

70 — Buste d'Alsacienne en céramique décorée.

71 — Grande potiche couverte, à pans, décor de paysages animés de personnages en couleurs. Faïence hollandaise.

72 — Paire de lions assis en ancienne faïence.

73 — Plaque circulaire en céramique de *Delphin Massier*, ornée d'un profil de jeune femme.

74 — Paire de vases en céladon vert.

75 — Vase quadrilatéral en céramique japonaise, décor à fleurs.

76 — Paire de grandes bouteilles en céramique flambée, décor de branchages fleuris en relief, avec incrustations de nacre.

77 — Paire de cache-pot en céramique décorée d'un papillon, d'*Émile Gallée*.

78 — Statuette de Vénus sortant du bain, en biscuit.

79 — Important panneau décoratif en céramique de *E. Lachenal*, orné d'une glace centrale.

80 — Deux sucriers à poudre en forme de pastèques sur feuillages en ancienne faïence blanche lorraine.

81 — Six assiettes à dessert en porcelaine de Berlin, à bord festonné et ajouré, décor d'oiseaux, insectes et fleurettes.

82 — Douze grandes assiettes en porcelaine de Berlin, décor de bouquets de fleurs, vannerie simulée.

83 — Paire de compotiers ronds à bord festonné en ancienne porcelaine de Vienne, à décor de bouquets de fleurs.

84 — Deux statuettes : Jardiniers, en porcelaine imitation de Saxe, et une cafetière en porcelaine genre Chine.

85 — Corbeille ronde à deux anses en porcelaine de Saxe, au point à vannerie ajourée ornée de fleurettes en relief; et une assiette en faïence de Strasbourg à marli ajouré, décor de fleurs.

86 — Paire de petits compotiers forme feuille en porcelaine de Saxe-Marcolini, décor de bouquets de fleurs et fleurettes.

87 — Tête-à-tête en porcelaine de Saxe, décor genre
Watteau, et un moutardier en porcelaine alle-
mande forme rocaille, monture en bronze doré.

88 — Groupe de trois figures en porcelaine de
Saxe.

89 — Paire de vases couverts, de forme hexago-
nale, en ancienne porcelaine de Saxe, décor en
couleurs de style coréen : branches fleuries,
oiseaux, quadrillé, etc.

90 — Groupe de quatre enfants et une chèvre en
ancienne porcelaine de Saxe, figurant : La Ven_
dange.

91 — Poêlon couvert en ancienne porcelaine de
Paris, décor de bouquets de fleurs et filets den-
telés en dorure.

92 — Neuf assiettes en porcelaine genre Sèvres,
dont sept à décor fond rose, ornées de figures
et réserves de fleurs dont deux fond bleu.

93 — Grand plat en céramique japonaise, décor de
branches de cerisiers en fleurs et oiseaux sur
fond d'or.

94 — Grande vasque en céramique.

95 — Vasque en céramique. Style japonais.

96 — Grand plat en porcelaine du Japon, décoré en couleurs d'éventails, oiseaux, etc. Et un éléphant portant une divinité en même porcelaine.

97 — Douze tasses à thé avec leurs soucoupes et quatre assiettes en porcelaine du Japon, richement décorées de nombreuses figures dans des paysages.

98 — Paire de coupes en ancienne porcelaine du Japon ; montures en bronze à anses, collerette ajourée et base à rocailles.

99 — Paire de grands flacons avec leur bouchon, de forme quadrangulaire, en ancienne porcelaine du Japon, décor rochers, branches fleuries, paysages en couleurs.

100 — Six assiettes et un compotier en porcelaine de Canton, décors variés en couleurs.

101 — Bol avec monture en argent et un compotier de forme octogonale en ancienne porcelaine du Japon, décor polychrome.

102 — Grosse potiche à pans, décor bleu, en porcelaine de Chine.

103 — Paire de grandes potiches en porcelaine de Chine, décor en émaux de couleurs, à personnages guerriers ; monture en bronze doré.

104 — Grand bol en ancienne porcelaine de Chine, à décor de pivoines et oiseaux en émaux de couleurs et dorure ; monture en argent.

105 — Soupière ronde couverte en ancienne porcelaine de la Compagnie des Indes, à décor de bouquets de fleurs en couleurs et armoiries ; monture en argent ciselé à anses ajourées.

106 — Grand vase, forme bouteille, en porcelaine de Chine décorée en couleurs : coq et poussins. Socle en bois de fer.

107 — Paire de vases-rouleaux en ancienne porcelaine de Chine, à décor de personnages en couleurs.

IVOIRES SCULPTÉS

JAPONAIS ET EUROPÉENS

LAQUES

108 — Quatre statuettes en ivoire sculpté, symbolisant les Quatre Saisons. xviiᵉ siècle.

109 — Statuette en ivoire japonais : Le Retour du
pêcheur.

110 — Deux statuettes en ivoire japonais : Femme
et enfant ; Femme au parasol.

111 — Statuette de marchand de fleurs en ivoire
japonais.

112 — Groupe en ivoire sculpté : Sculpteur. Travail
japonais.

113 — Groupe en ivoire sculpté : Pêcheur et enfant
pincé au doigt par un crabe. Travail japonais.

114 — Trois petits socles en bois de fer sculpté et
ajouré.

115 — Statuette d'enfant, tenant un chien dans sa
robe, en ivoire sculpté japonais.

116 — Poussin en ivoire sculpté japonais.

117 — Boîte rectangulaire en laque d'or. Ancien travail japonais.

118 — Boîte à poudre couverte en laque noire et or du Japon, avec fleurs en nacre sur le couvercle.

119 — Petite boîte aplatie en laque du Japon.

120 — Vase sphérique à petit goulot en argent émaillé en couleurs et décor de papillons. Socle en bois de fer. Travail chinois.

121 — Service à thé en émail cloisonné du Japon, comprenant une théière, un sucrier et un pot à crème.

122 — Boîte couverte, de forme rectangulaire, en bois incrusté de nacre et laqué en partie, décorée de feuillages et fleurs. Travail japonais.

123 — Bonbonnière ronde à couvercle, ouvrant à charnière, en poudre d'écaille et laque noire, incrustée de nacre ; monture en cuivre. xviiie siècle.

124 — Boîte en argent émaillé rouge, décorée de chrysanthèmes.

125 — Panneau rectangulaire, encadré, en bois sculpté et laque figurant un Immortel. Ancien travail chinois.

LIVRES

126 — LAROUSSE. Grand Dictionnaire Universel du XIXe siècle. *Paris, Larousse,* s. d. 17 vol. in-4°, demi-rel. chag. rouge, plats toile, tr. jasp.

— RIS PAQUOT. Dictionnaire encyclopédique des marques et monogrammes, chiffres, lettres, initiales, signes significatifs, contenant 12,156 marques. *Paris, Laurens,* s. d. 2 vol. in-4°, br.

— UZANNE (Octave). Contes de la Vingtième année, frontispice de D. VIERGE, décorations en camaïeu par EUGÈNE COURBOIN. *Paris, Floury,* 1896, gr. in-8° br.

Un des quarante exemplaires sur papier Japon.

— Environ 300 volumes : Économie politique; ouvrages de LEROY-BEAULIEU, JOBIT, PICARD : Rapport général; Exposition de 1900.

— Romans, Catalogues illustrés de Ventes, etc.

— Musique de Piano, Partitions piano et chant.

OBJETS VARIÉS

DENTELLES, SACS DE VOYAGE
APPAREILS DE CHAUFFAGE, ETC.

127 — Service de verrerie, comprenant sept grands verres à pieds, six à Bordeaux, six à Madére, et deux carafes en cristal taillé à pointes de diamant.

128 — Six raviers à salade, forme demi-lune, en cristal taillé.

129 — Saladier, trois assiettes, cinq bols rince-bouche et quatre soucoupes en cristal taillé, et six assiettes en verre.

130-131 — Sous ces numéros, services de verrerie pour vin, liqueurs. cognac, en cristal.

132 — Douze gobelets à grands pieds pour vin du Rhin en verre de Bohême.

133 — Douze gobelets à Champagne en verre de Bohême, décor de dorure.

134 — Deux coupes, forme coquille, en verre, décorées de paysages, de *E. Gallé de Nancy.*

135 à 137 — Nombreuses malles, valises, sacs de voyage.

138 à 141 — Sous ces numéros, appareils de chauffage poêles mobiles, cheminées, piles, pincettes, etc.

142 — Revolver.

143 — Ventilateur.

144 à 147 — Accessoires divers de bureau : écritoi-
res, classeurs, lampes, pèse-lettres, etc.

148 à 151 — Appareils téléphoniques, lampes élec-
triques, etc.

152 à 154 — Calendrier perpétuel, buvards, encrier,
presse-papiers en cristal gravé, et verre artistique, accessoires de bureau variés.

155 — Classeur à papier, forme chevalet, et une corbeille, en cuivre.

156 — Cendrier, forme baquet, et masque en bois et
métal.

157-158 — Sous ces numéros, garniture de toilette
en ivoire et verres, brosses, flacons, etc.

159 — Petit paravent porte-photographies en acajou, garni de moire.

160 — Buvard, recouvert d'ancien cuir de Cordoue,
bordé d'un galon et doublé de damas rouge.

161 — Écritoire faite d'une corne ; monture en métal
argenté.

162-163 — Fort lot de cannes et parapluies, dont
quelques-uns à pommes d'argent. (Sera divisé.)

164 — Curieuse canne en bois sculpté, ornée de feuillages, avec pomme figurant une tête de chien.

165 — Tabatière ovale en cuivre émaillé dans le goût de Limoges.

166 — Plusieurs coupes en verre, de *Gallé de Nancy.* (Sera divisé.)

167 — Quatre coquetiers en terre, de *Gallé de Nancy*, avec pieds en argent.

168 — Coupe, de forme trilobée, en verre, de *Gallé de Nancy* ; monture en bronze.

169 — Six assiettes à glace en cristal, jade, de *Gallé de Nancy*. (*Exposition de 1900.*)

170 — Boîte rectangulaire en ancien émail, décorée en couleurs.

171 — Sac-nécessaire de voyage, muni de ses accessoires en argent, écaille, maroquin.

172 — Coupe vide-poche en étain, de *K. Stemolak :* La Femme à l'escargot.

173 — Lot de dentelles variées.

174 — Baromètre enregistreur. *Maison Hazebroucq.*

175 — Fusil Hammerless, calibre 12, Choke-bored, de *J. Purdey and Sons.*

176 — Fusil à percussion centrale, calibre 12. (*M. Arenas.*)

ORFÈVRERIE, PLAQUÉ

BIJOUX

177 — Pendulette de voyage dans sa gaine.

178 — Grosse montre de bureau, suspendue à un
étrier.

179 — Montre de bureau.

180 — Grosse montre, à deux cadrans, en cuivre
gravé, cerclés de pierres. Ancien travail
anglais.

181 — Montre-chronomètre en argent. Cadran signé :
J.-W. Bonson, London, et une petite trousse de
dentiste.

182 — Chronomètre et podomètre en nickel.

183 — Montre d'homme en or, *Maison Henri Capt
à Genève*, avec chaine-breloque et médaille ancienne en or.

184 — Étui en or, fermoir en petits brillants, ren-
fermant un fume-cigarettes en ambre cerclé
d'or.

185 — Deux portefeuilles, dont un en peau de daim
avec chiffre *A P* et bouton en or, l'autre en maroquin vert avec gaine, pochette et un porte-
cigarette en peau de crocodile ; monture en or,
de la *Maison Touron*.

186 — Paire de boutons de manchettes en or, branchages fleuris, avec rubis et brillants.

187 — Paire de boutons de manchettes en or, formés par quatre gros rubis.

188 — Paire de boutons de manchettes en or ciselé, formés de serpents.

189 — Six boutons de chemise en nacre, monture en or et platine.

190 — Une épingle anglaise, un fixe-cravate et un anneau de chaîne de montre en or.

191 — Quatre coulants de cravate en or, avec médaillon sous verre, tête de chien, faisan, miniature : jeux d'amours, aigle et feuillages en or ciselé.

192 — Deux fixe-cravate pour faux-col en or, avec petites perles fines.

193 — Épingle de cravate en or, casquette de jockey et fouet orné de perle baroque grisâtre et petite perle fine.

194-195 — Cinq épingles de cravates en or, l'une avec masque de femme en or ciselé, les autres avec intaille en agate, grenat et saphir cabochon et petit rubis. (Sera divisé.)

196 — Deux épingles de cravates en argent, ornées l'une d'un petit brillant, l'autre d'une plaque en acier damasquiné.

197 — Paire de boutons de chemise en or, ornés
chacun d'une perle fine.

198 — Épingle de cravate en or, avec perle fine et
branchage pavé de petits brillants et rubis.

199 — Épingle de cravate en or, formée d'une
branche de fruit, avec perle grise et petit brillant.

200 à 205 — Sous ces numéros : deux cafetières,
porte-asperges et petites pinces, deux porte-
bouteilles, petite verseuse, service à hors-
d'œuvre, soucoupes, plateaux et corbeille à pain
de la *Maison Maple*, presse-citron, lampe à ci-
gare, brosse et ramasse-miettes, six fourchettes
à melon manche ivoire, ménagère, lot de fourchettes, service à découper, coupe-œuf, six
fourchettes à huîtres, ustensiles à hors-d'œuvre,
ciseaux à raisin, etc., en métal anglais.

206 à 207 — Sous ces numéros : réchaud, fruitier,
timbale à soufflet, quatre petits poèlons à œuf
en porcelaine blanche, montures en métal anglais. (Seront divisés.)

208 à 210 — Sous ces numéros : services à oran-
geades, à liqueurs, à crème, à confitures, pichet
acier, coupe à rafraîchir les fruits, saladier,
flacon à caviar, seau à olives, poivrière en
cristal taillé avec montures en métal anglais.
(Seront divisés.)

211 — Cendriers et porte-allumettes divers en argent
ou métal.

212 — Ouvre-lettres à manche d'argent, de style
Louis XVI.

213 — Monture de coupe en argent.

214 — Porte-allumettes en argent.

215 — Boîte à cigarettes rectangulaire et un petit
flambeau en argent.

216 — Poêlon en argent.

217 — Bougeoir en argent. Style Louis XV.

218 — Paire de flambeaux en argent repoussé, à
fleurs et godrons.

219 — Service à poisson, comprenant douze couverts
en argent à manches en ivoire. Travail anglais.

220 — Service à poisson en argent, comprenant
truelle et fourchette. Travail anglais.

221 — Service à salade en argent gravé et ivoire.

222 — Service à glace, trois pièces en argent gravé
et ivoire.

223 — Onze couteaux à dessert et un grand couteau,
lames en argent, manches en ivoire, et un
coupe-papier, lame en argent, manche en porcelaine.

224 — Service à dessert, comprenant douze couteaux et douze fourchettes en argent, manches en ivoire teinté vert. Dans un écrin en acajou.

225 — Dix-sept couteaux à fruits, lames en vermeil, manches en nacre.

226 — Six curettes à os à moelle en argent anglais.

227 — Dix-huit grands couteaux de table et huit couteaux à dessert, manches en ivoire.

228 — Six cuillères à entremets en argent, manches à figurines. Travail chinois.

229 — Vingt-quatre grandes fourchettes et douze cuillères en argent anglais.

230 — Douze couverts à entremets en argent anglais.

231 — Douze cuillères à café et six à œuf en argent anglais.

232 — Petit surtout de table, de forme ovale, en bronze ciselé et argenté, de style Louis XV; fond de glace. — Diamètre, 40 cent. Signé : *Gargault.*

233 — Coupe à rafraîchir les fruits en cristal dépoli ; monture en argent ciselé.

234 — Seau à frapper le Champagne en cristal taillé; monture en métal anglais, avec bouteille à Champagne en cristal et monture argent.

235 — Petit compotier à bord festonné.

236 — Deux légumiers ronds couverts, à deux anses, avec leurs plateaux en argent repoussé et ciselé. Style Louis XV.

237 — Une louche, deux cuillères à sauce et une à ragoût en argent.

238 — Une cuillère à ragoût ancienne en argent, à coquille et filets.

239 — Six pelles à beurre, service à hors-d'œuvre, pelle et fourchette à pâté, etc.

240 — Petit plat ovale à bord contourné en argent. Style Louis XV.

241 — Plat rond creux à bord contourné et filets en argent. Époque Louis XV.

242 — Trois plats ronds en argent, de grandeurs variées, à bord à filets et croisillons de ruban.

243 — Trois plats en argent, deux ovales et un carré et creux, de forme contournée, à filets et fleurons.

244 — Six petites écuelles à œuf avec leurs présentoirs en argent repoussé et ciselé, de style Louis XVI; intérieurs en porcelaine blanche.

245 — Coupe à fruits et une pince à asperge en argent repoussé.

216 — Saucière en argent, de style Louis XV.

247 — Porte-cure-dent, salière forme traineau et une petite charrette à bœufs en argent.

248 — Douze dessous de carafe en argent ciselé et ajouré, de l'époque Empire. Marqué au Coq.

249 — Quatre salières, de forme ovale, en argent ciselé ajouré, de l'époque Louis XVI ; intérieurs en verre bleu.

250 — Soupière en argent Vieux Paris, de l'époque Louis XVI, de forme ovale, à deux anses à feuillages, la panse ornée d'un écusson, repose sur quatre pieds à cartouche de rocailles et feuillages, le couvercle à gorge, à tore de cordelettes et bandes maties, écusson, le bouton formé de grenades.

Grande larg., 34 cent.; haut., 26 cent.

251 — Porte-huilier en argent ciselé, de l'époque Louis XVI, muni de burettes en verre taillé.

252 — Porte-flacons à liqueur en argent repoussé et ciselé, de l'époque Louis XVI, de forme contournée, à quatre compartiments, muni de ses flacons en cristal taillé ancien.

253 — Sucrier couvert en verre ; monture en argent. Style Louis XVI.

254 — Corbeille à fruit en argent, modern-style ; intérieur en cristal taillé.

255 — Tasse et sa soucoupe à bord festonné en argent.

256 — Compotier en argent à bord contourné, simulant des plumes de paons, orné d'émaux translucides.

257 — Service à thé en argent, comprenant: théiére, cafetière, pot à crème et sucrier, forme octogonale à pans. *Maison Thomas de Londres.*

258 — Deux poivrières à huîtres, deux porte-toast en argent, six petits beurriers en cristal, avec pelles à beurre, présentoir avec petite saucière en argent.

259 — Quatre petites salières doubles en argent ciselé ajouré, à rinceaux de feuillages et oiseaux.

SCULPTURES

EN MARBRE, TERRE CUITE ET BOIS

BRONZES D'ART

260 — Deux panneaux rectangulaires en bois sculpté ciré, à cariatide ou médaillon accompagnés de rinceaux feuillagés.

261 — Paire de flambeaux à tige balustre et trois pieds dauphins, en bois sculpté. XVIIe siècle. Disposés pour l'éclairage électrique.

262 — Quatre statuettes en bois sculpté ciré, figurant les Quatre Saisons. Commencement du XVIIIe siècle. Socles cul-de-lampe en bois.

263 — Statue de Louis XVIII, debout, en bois sculpté doré ; socle carré à pans coupés orné de panneaux à parchemins.

264 — Groupe en bois sculpté ciré, représentant un enfant nu et un canard au milieu de roseaux. Époque Louis XIV.

265 — Statuette de sainte Anne en marbre blanc tendre, sculpté. Travail espagnol, XVIIe siècle.

266 — Statuette en terre cuite du XVIIe siècle : Hercule Farnèse, d'après l'antique.

267 — L'Enfant au dauphin, groupe en marbre blanc sculpté. Travail italien, xviie siècle.

268 — Petite composition en terre cuite, représentant la Nativité. Signée : *Jose Giné*.

269 — Deux médaillons ovales en terre cuite. Bustes d'enfants en bas-relief. Cadres en bois sculpté doré. xviiie siècle.

270 — Buste de Gérôme, par *Carpeaux*. Plâtre.

271 — Buste de jeune femme en marbre blanc, par A. *Querol*. Socle fait d'un fragment de corniche provenant du Colisée à Rome.

272 — Buste de femme en cire et plâtre. *Édition Arrondelle*.

273 — Trois statuettes en bronze : Escrimeurs, par *Rougelet*.

274 — Statuette en bronze doré : Aphrodite au bain, d'après l'antique. Socle en marbre blanc.

275 — Volupté, groupe en bronze de *Bailliée*.

276 — Statuette de Napoléon Ier debout. Bronze de *Regnault*.

277 — Groupe en bronze, représentant Pluton et Cerbère. *Édition Susse frères*.

278 — Éléphant sacré, portant une pagode, en bronze chinois. Disposé pour l'éclairage électrique.

279-280 — Deux éléphants supportant chacun un vase en ancien bronze chinois.

281 — Groupe de deux coqs sur un rocher en bronze japonais.

282 — Deux petites perdrix en bronze japonais.

283 — Deux statuettes de sphynx à bustes de femmes en bronze patiné, sur bases rectangulaires en bronze mouluré et doré à oves. Style Régence.

284 — Statuette équestre de Louis XIV en bronze patiné, sur socle rectangulaire en bois noir mouluré, orné d'appliques en bronze doré, et de deux plaquettes en bronze représentant des épisodes de l'histoire du Roi. XVIIe siècle.

285 — Important groupe en bronze par *G. Le Duc :* Centaure et Bacchante.

286 — Groupe de deux enfants jouant avec un chien en bronze patiné. Socle en bronze à rocailles.

287 — Statuette en bronze patiné : Diane, de *Houdon.*

BRONZES D'AMEUBLEMENT

PENDULES, APPAREILS D'ÉCLAIRAGE

288 — Écritoire en bronze ciselé et doré, motifs à rocailles et rinceaux feuillagés. Style Louis XV.

289 — Jardinière rectangulaire en bronze chinois.

290 — Paire de vases de forme Médicis, à deux anses et mascarons, en bronze patiné et doré ; socles cubiques en marbre noir, appliques et moulure en bronze. Époque Empire.

291 — Vase en bronze patiné, avec tortues en relief sur la panse.

292 — Vase en bronze japonais, décor de branchages en relief.

293 — Paire de vases en bronze patiné, décorés en relief d'oiseaux sur des épis ; socles en bois de fer. Travail chinois.

294 — Paire d'importants candélabres à cinq lumières en bronze ciselé et doré, à branchages fleuris agrémentés de fleurettes et ornés chacun d'une statuette de vielleuse et de joueur de cornemuse en porcelaine de Saxe, reposant sur une terrasse rocaille. Style Louis XV.

295 — Paire de grands candélabres à quatre lumières, formés chacun d'un vase ovoïde en
marbre, à monture de bronze ciselé et doré,
faite de deux anses reliées par des guirlandes,
collerette, piédouche et base ; du vase s'échappe
un bouquet de branches de lys porte-lumières.
Style Louis XVI. Disposés pour l'éclairage électrique.

296 — Lanterne d'antichambre en bronze, ornée de
pendeloques en cristal. Disposée pour l'éclairage
électrique.

297 — Lampe vide-poche en bronze doré, formée
par des tritons supportant une corbeille, base
en marbre lapis. Disposée pour l'électricité.

298 — Lampe en bronze à base carrée, et dragon
enroulé sur la tige. Style chinois. Éclairage
électrique.

299 — Lampe électrique, faite d'un écran de flambeau, en bronze doré à rocailles. Style Louis XV.

300 — Lampe électrique, faite d'un vase de forme
ovoïde, en argent émaillé en couleurs sur fond
bleu, de travail chinois. Monture en métal argenté de style moderne.

301 — Paire de flambeaux à deux branches con-
tournées porte-lumières en bronze. Style
Louis XV. Disposés pour l'éclairage électrique.

302 — Petit lustre en bronze à quatre lumières, orné d'un groupe d'enfants et de fleurettes en porcelaine de Saxe.

303 — Lustre à huit lumières en bronze ciselé et doré. *Modèle de Boule.* Style Louis XIV. Disposé pour l'éclairage électrique.

304 — Lustre de salle à manger en bronze.

305 — Petit lustre-plafonnier, à pampilles en cristal.

306 — Plafonnier en verre artistique, de *Gallé.*

307 — Cartel en bronze ciselé et doré, à rocailles, rinceaux feuillagés, surmonté d'une figurine de Flore. Style Louis XV. *Maison A. Beurdeley fils.*

308 — Pendule à cadrans tournants en bronze ciselé et doré, formée d'un vase couvert à deux anses reposant sur un socle fût de colonne à cannelures enguirlandé de draperies. L'heure est marquée par le dard d'un serpent qui s'enroule autour du vase et de son couvercle. *Modèle de Lepaute.* Style Louis XVI.

309 — Pendule en bronze ciselé et doré. Elle est décorée d'attributs guerriers et surmontée d'un amour s'abritant sous un casque. A la base la devise : « L'Amour sous les lauriers n'a point vu de cruelles ». Époque Empire.

310 — Pendule anglaise de bureau en acajou et cuivre. Le cadran marqué : *Chas. Frodsham et Cᵒ, Clockmakers to the Queen. London.*

311 — Paire de chenets en bronze patiné : Enfants nus symbolisant le Dessin et la Sculpture. Style XVIIIe siècle.

312 — Paire de landiers en fer forgé.

313 — Galerie de foyer en bronze patiné, à balustres et barre à têtes de béliers.

314 — Galerie de foyer en bronze. Époque Restauration.

315 — Galerie de foyer en bronze.

316 — Ustensiles divers de foyer.

317 — Lot de patères à têtes d'animaux divers en bronze patiné.

MEUBLES, SIÈGES

ÉCRAN EN ANCIENNE TAPISSERIE D'AUBUSSON

(XVIIIᵉ SIÈCLE)

318 — Écran en bois sculpté doré, de style Louis XVI. Il est muni d'une feuille en ancienne tapisserie fine d'Aubusson, du xviiiᵉ siècle, offrant, au centre, l'Enlèvement de Ganymède dans un entourage de draperie enguirlandée et de buissons de fleurs.

319 — Armoire en chêne mouluré et sculpté, ouvrant à deux portes pleines décorées de petits feuillages et de rosaces centrales composées de coquilles et de rinceaux. Époque Régence.

320 — Meuble d'entre-deux, ouvrant à quatre portes, en acajou richement orné de bronzes ciselés et dorés : frise de feuillage fleuri, encadrements faits de baguettes moulurées, guirlandes de fleurs, etc. Style Louis XVI.

321 — Petite commode, de forme contournée, à deux tiroirs, en marqueterie de bois de couleurs, offrant sur la face une corbeille fleurie ; ornementation de bronze doré. Dessus de marbre brèche. Style Louis XV.

322 — Bibliothèque à deux corps, de style anglais,
en acajou, ouvrant à trois portes vitrées, munies
4 25 de glaces biseautées, tiroirs au centre, et portes
pleines à la partie basse. Entrées de serrures,
poignées, pentures en cuivre.

323 — Bureau plat en acajou sculpté, muni de
285 tiroirs et casiers. Style anglais.

324 — Deux bibliothèques à hauteur d'appui en aca-
380 jou sculpté, à compartiments et porte. Style
anglais.

325 — Petite table à quatre tablettes en acajou.
Style anglais.

326 — Buffet à deux corps en acajou, ouvrant à
portes pleines et portes vitrées. Style anglais.

327 — Desserte en acajou sculpté, ouvrant à un
tiroir. Style anglais.

328 — Table de salle à manger en acajou sculpté, à
quatre pieds et deux allonges. Style anglais.

329 — Sept fauteuils de salle à manger en acajou,
535 à dossier ajouré, sièges recouverts de cuir
rouge. Style anglais.

330 — Meuble-cabinet sur son support rectangulaire, ouvrant à tiroirs, en marqueterie d'ivoire,
nacre et bois. Travail oriental.

331 — Lit en cuivre et sa literie.

332 — Table turque incrustée de nacre, transformée
en table de nuit.

333 — Meuble de cabinet de toilette en pitchpin,
formant armoire, commode, toilette, lavabo,
orné de glaces.

334 — Baignoire en métal, renfermée dans une
gaine en pitchpin formant coffre.

335 — Lit de repos, recouvert de moquette orien-
tale.

336 — Table rectangulaire en bois mouluré, à pieds
et colonnettes tors, de style Louis XIII.

337 — Petite table ovale en marqueterie de bois de
couleurs, à pieds cambrés, réunis par une
tablette ; ornementation de bronzes dorés. Style
Louis XV.

338 — Petite table-console, à étagère et deux petites
portes à la partie inférieure, en marqueterie de
bois de violette, ornée de bronzes ciselés et
dorés. Dessus de marbre. Style Louis XV.

339 — Table à jouer en marqueterie de bois à quadrillé, orné d'appliques en bronze doré. Style
Louis XVI.

340 — Petite table à deux volets pliants en acajou
et marqueterie de citronnier, de style anglais.

341 — Table, à deux volets pliants, en acajou.

342 — Bureau plat en acajou, de style anglais.

343 — Bureau à tiroirs et volets pliants.

344 — Machine à écrire Rem.-Sho, n° 3.

345 — Table à deux volets pliants et tiroir en marqueterie de bois de couleurs à fleurs, de style moderne.

346 — Table de bridge pliante, de style moderne, à dessus de drap. Elle est munie d'accessoires d'éclairage.

347 — Deux meubles classeurs en acajou, à huit tiroirs.

348 — Râtelier à cannes et parapluies en bois sculpté, muni d'une glace.

349 — Escabeau de bureau pliant.

350 — Cartonnier en chêne mouluré.

351 — Casier porte-musique en cuivre.

352 — Piano à queue en bois noir. *Maison Steinway & Sons, de New-York.* N° 97.041.

353 — Harmonium à deux claviers, neuf jeux, onze jeux d'anches, en palissandre. *Maison Victor Mustel, à Paris.*

354 — Bascule de chambre, de la *Maison L. Exu-père.*

355 — Coffre-fort, de *Fichet*.

356 — Plateau-table *The Osterley*.

357 — Carton-chevalet articulé.

358 — Glace à trois faces sur trépied, avec guéridon, en métal nickelé.

359 — Colonne-support en bois, à fût cannelé.

360 — Socle en bois de fer, incrusté de nacre ; dessus de marbre. Travail oriental.

361 — Fauteuil de bureau en acajou, à siège tournant. Style anglais.

362 — Meuble à hauteur d'appui, ouvrant à quatre tiroirs et un compartiment, en acajou. Style anglais.

363 — Petite table carrée, à tablette d'entrejambe, en acajou.

364 — Petite chaise en bois sculpté, de style Renaissance, garnie de velours.

365 — Deux fauteuils à haut dossier en bois sculpté, de style Renaissance, recouverts en velours.

366 — Tabouret carré en bois sculpté doré, à croisillon reliant les pieds ; il est recouvert d'ancienne soie brochée à fleurs et lamée de métal. Style Louis XIV.

367 — Fauteuil canné, de forme basse à dossier cintré, en bois sculpté doré, muni d'un coussin en velours frappé. Style Louis XV.

368 — Canapé en bois sculpté doré, recouvert et muni d'un coussin de velours frappé. Style Louis XV.

369 — Deux fauteuils-marquises en bois sculpté doré, recouverts et munis chacun d'un coussin en velours frappé. Style Louis XV.

370 — Banquette en bois sculpté doré, recouverte en velours frappé. Style Louis XV.

371 — Deux chaises cannées à pieds réunis par un croisillon en bois sculpté doré, munies chacune d'un coussin en velours frappé. Style Louis XV.

372 — Chaise d'orgue cannée en bois sculpté doré, sur pieds élevés réunis par un croisillon. Elle est munie d'un coussin en velours frappé. Style Louis XV.

373 — Deux grands fauteuils confortables, capitonnés en maroquin.

374 — Deux fauteuils confortables en cuir.

375 — Chaise-fumeuse, garnie en cuir.

376 — Quatre chaises à dossier ajouré en acajou, recouvertes de cuir. Style anglais.

377 — Petit canapé en acajou, recouvert de cuir, à dossier ajouré. Style anglais.

378 — Grand canapé confortable en cuir. Style anglais.

379 — Table anglaise à soda en chêne, avec ses accessoires.

TAPIS, TENTURES

380 — Bande d'ancienne dentelle de filet à rinceau
et bordure dentelée.

381 — Dessus de table en brocatelle rouge.

382 — Dessus d'orgue en velours broché à fleurs,
avec écusson d'armoiries en broderie, rapporté
au centre.

383 — Dessus de piano en velours, brodé au passé
de soies de couleurs et métal à rinceaux
fleuris.

384 — Petit tapis carré en soie brodée. Travail
oriental ancien.

385 — Deux décors de fenêtres en velours frappé.

386 — Deux garnitures de fenêtres, comprenant
deux paires de rideaux et deux bandeaux en
velours et franges.

387 — Tenture de chambre en étoffe japonaise
peinte : paysages animés d'oiseaux, insectes, etc.

388 — Dessus de lit en satin rouge brodé.

389 à 391 — Sous ces numéros, peaux d'animaux,
divers.

392 à 394 — Trois grandes carpettes d'Orient. (Seront divisées.)

395 — Tapis-galerie d'Orient.

396 à 410 — Quinze petites carpettes d'Orient. (Seront divisées.)

411 — Environ 500 bouteilles de vins de Bordeaux et divers.

412 — Objets omis au catalogue.